Virvelns vemod II

Emilia Wahlgren

FSC
www.fsc.org
MIX
Papper från ansvarsfulla källor
Paper from responsible sources
FSC® C105338

Virvelns vemod II

Förlag: BoD · Books on Demand, Stockholm, Sverige
Tryck: Libri Plureos GmbH, Hamburg, Tyskland
Omslagsdesign: Emilia Wahlgren
Omslagsbild: Galynatymonko, EasyArt

Tryckt bok 1.0 ISBN 978-91-8080-008-2

"Jag dolde mitt ansikte för dig i häftig vrede ett ögonblick,
men evigt trofast visar jag dig nu min kärlek".

Jesaja 54:8, Bibel 2000

Förord

Ett varmt tack till alla er som köper, lånar, läser och recenserar mina skönlitterära verk. Ert stöd och era ord betyder oerhört mycket för mig.

Mina verk – som exempelvis serien om Alda Barros Lindblom ”Virvelns vemod” och ”Virvelns vemod II” – är fiktiva, vilket innebär att eventuella likheter med verkliga personer, platser eller händelser är ett rent sammanträffande.

Vänliga hälsningar,

Emilia Wahlgren
Stockholm, juni 2024

P.S. Alda Barros Lindblom och Jonas Strömgren introducerades först som bikaraktärer i min debutroman ”Moraliskt fördärvade” (2019, återutgiven 2020).

Lördag 6 juni 2015

DET HADE BÖRJAT regna ihärdigt på förmiddagen när Alda Barros Lindblom klev av vid Stadion. Hon rörde sig med skyndsamma steg mot Sturegatan. En sval vind svepte in med ljudet av vattendropparna som öste ner och de fåtaliga bilarna på gatan nedanför.

Det var tre år sedan hon lämnade samma byggnad hon nu var på väg till, med ett tårvått ansikte efter det tredje uppbrottet med före detta pojkvännen Adam von Liewen. Hon grät sig till sömns varje natt i dagar, veckor och månader. Tiden förflöt som sirap och trots att Adam dök upp utanför hennes bostad, ville reda ut ”missförstånden” som han kallade sina svartsjukeutbrott för, och sa allt Aldas själ törstade efter att få höra, var hon fast besluten att det var slut mellan dem för alltid.

Adam måtte ha varit hennes stora kärlek, men han var inte hennes själsfrände och hon kände dagligen tacksamhet över den styrka som Gud skänkte henne, styrkan att lämna det förflutna därhän.

Hon träffade dock Adam igen på tunnelbanan. Det var på midsommaren samma år, men de träffades av en slump denna gång, eller ja, när hon tänkte efter var det antagligen kalkylerat, vilket var typiskt för Adams emotionellt manipulativa spel.

De utbytte inga ord, men stämningen var laddad och därigenom talande och under tystnaden gav han henne helt plötsligt en dikt innan han klev av vid Stadion: 'Min älskade, du var mitt allt, du är mitt allt – vad än du gör, förgätmigej', stod det.

Den var kort och fick Alda att fälla en tår, men trots det, trots hjärtat som bultade för honom, stod hon fortsatt på sig.

Under de efterföljande åren var det för ovanligt tyst från Adams håll, som om han aldrig hade existerat. Hennes själ började därför sakta, men säkert befrias från sin plågoande.

Hon ägnade sina dagar åt att återuppta bibelläsning och kyrkliga besök, något hon hade avstått från under Adams ateistiska inflytande – en dyrbar läxa.

Hon började även arbeta som data- och systemvetare på ett privat företag, men eftersom hjärtat alltjämt klappade starkt för yrket som jurist sa hon upp sig och började sin omskolningsresa.

Hon skrev högskoleprovet, blev en tid därpå antagen till juristprogrammet och började dessutom extrajobba som administratör på City åklagarkammare sedan sin trettioförsta födelsedag den 1 juni 2015.

En dag på jobbet, då livet i allmänhet var på topp, ringde det från ett dolt nummer. När hon svarade, i tron att det var arbetsrelaterat, var det Adams röst hon mötte i andra änden.

Ett samtal som förde henne tillbaka till hennes förflutnas plågoande.

”God dag!”

Portvaktens hälsning bröt in i hennes medvetande när hon klev över tröskeln till byggnaden på Sturegatan. Den äldre herrn var lika oklanderligt gammaldags av sig nu som då.

”God dag!”, nickade Alda artigt mot honom och gick genom korridoren fram till hissen, men innan hon åkte upp till Adam blev hon med ens påmind om något angeläget.

Det var något annat som hände här och som sedan dess hade skvalpat av och an i bakhuvudet.

Portvakten stod och ögnade igenom datorskärmen bakom receptionen av vit sandsten när hon gick tillbaka. Hon harklade sig, och log när han tittade upp från skärmen.

”Hur kan jag stå damen till tjänst?”

”Jag vet inte om du minns mig”, började Alda en aning planlöst, ”men för tre år sedan, natten mot fredagen den 2 mars 2012 för att vara exakt, var jag här och tappade då min väska.”

”Det var tråkigt att höra, men beskriv väskans utseende, så ska jag leta i vårt hittegodsskåp om en liknande väska finns där.”

”Nej, nej. Jag tappade inte bort den utan tappade bara den på golvet och en man som kanske bodde i byggnaden hjälpte mig.” Alda drog med handen för pannan. ”Jag minns inte hans namn och undrar om du kan hjälpa mig med det genom att titta på övervakningsfilmen från den natten? Jag vill nämligen komma i kontakt med honom och tacka för hjälpen.”

”Vi sparar tyvärr inte övervakningsfilmer så länge, dessutom får jag inte lämna ut information om vad som visas i filmerna såvida det inte rör sig om brott.”

”Jag förstår, men du kanske vet vem han är genom min beskrivning?”

”Vi gör ett försök”, svarade han och drog sina fingrar utmed den välfriserade mustaschen.

”Han var ungefär en och åttio lång, blå eller gröna ögon, runt min ålder.”

”Kommer du ihåg något mer?”

”Han var blond, hade skäggstubb. Det var dessutom något med honom som fick mig tänka på att han kanske arbetade som polis eller något liknande.”

”Ah, jag tror mig veta vem du syftar på. Den då nyinflyttade herrn.”

”Bor han kvar här?”

”Ja, önskar du lämna ett meddelande här hos mig eller vill du helst lämna det själv?”

Alda tvekade. Ville hon verkligen veta vem han var och exakt vilken lägenhetsdörr som var hans? Hennes nyfikenhet tog överhand. Hon hade inte ens övervägt en logisk förklaring till den främmande mannen om varför hon plötsligt stod utanför hans dörr, efter alla dessa år.

”Gärna själv, om det går bra.”

”Han är en riktig gentleman ska du veta och kommer att uppskatta din vänliga gest, om han nu minns dig.” Det sista sa portvakten skämtsamt.

”Ja, tre år är relativt lång tid”, svarade Alda generat.

Portvaktens fingrar for över tangentbordet medan han pratade, sedan tystnade han och rynkade på ögonbrynen.

”Det står konfidentiellt, vilket säkerligen beror på hans polisyrke. Det innebär att jag tyvärr inte får lämna ut några personuppgifter.”

Alda drog ner mungiporna och sänkte ögonbrynen. ”Jag ska bara tacka honom för hjälpen.”

”Okej, okej, han bor på den femte våningen”, gav portvakten med sig.

Fem våningar under Adam.

”Vilken dörr?”

”Det är andra dörren till vänster och han bor där tillsammans med sin sambo”, fortsatte portvakten.

Alda suckade tyst, självklart var han inte singel.

”Tack för hjälpen. Det var vänligt av dig”, sa hon utan att förmå sig dölja sin besvikelse helt och begav sig mot hissen.

”Varsågod och lycka till!”

Alda var uppriktigt förvånad över sin egen reaktion, eftersom vad hon anbelangade var den främmande mannen bara en främmande man.

Hon fångade sin egen blick i spegeln och ruskade av sig besvikelsen. Det personliga tackandet fick utebli. Regnet hade förvandlat hennes afrohår till en krusig, skimrande massa, som om det vore bestrött med genomskinligt glitter.

Hon strök undan några lockar från pannan och drog åt dragskon i midjan på sin rosa kaftanklänning under sommarkoftan.

När Alda klev ur hissen vid den tionde våningen möttes hon av ett par nyfikna ögon som omringades av skrynklig hud och ett leende som spred små rynkor runt läppkanterna.

”Hej Alda, vad härligt att se dig”, sa Adams granne och slog sin käpp i golvet. ”Var har du hållit hus?”

Hon var en ödmjuk pensionärskvinna med stora guldfärgade spolar i håret.

”Hej, men tack, det är trevligt att se dig också. Jag har studerat och arbetat.”

”Du, förresten, jag har inte sett Adam på ett tag.” Halvvägs in i hissen riktade grannen en orolig blick mot Adams dörr.

”Ett tag som i några dagar?”

”Nej, minst en vecka. Människor har varit hemma hos honom, men jag har inte sett till honom. Jag måste tyvärr rusa nu, men hälsa honom hjärtligt från mig är du snäll.”

”Det ska jag absolut göra”, sa Alda medan insikten om att något onekligen inte stod rätt till kom krypande och fick oron att fladdra till i mellangärdet.

Det var tyst i våningen och det enda ljudet som hördes var Aldas klackar, men även detta ljud dämpades när hon ställde sig på dörrmattan. Hon var i färd med att knacka när Adam plötsligt öppnade dörren.

Han såg verkligen krassligt ut där han stod och tittade på henne med orakat ansikte, påsar under ögonen och rufsigt hår. En skugga av sitt forna jag. Var det detta han syftade på när han sa i telefonen i går att världen hade nått sin ände?

”Vad gör du här?” Hans axlar sjönk ihop medan ögonen tycktes vattnas.

Alda tog ett steg framåt, vilket tvingade honom att backa och släppa in henne. En svag doft av svett omgav honom, men det var främst den glansiga hinnan över hans döda blick som gav henne kalla kårar. Hans kläder hängde dessutom något löst på kroppen.

”Det undrar jag också, men du sa en del kryptiska saker som gjorde mig orolig och jag förvarnade dig om att jag skulle komma förbi i dag. Kan du flytta på dig?”

Han sa inget, men efter en stund ryckte han på axlarna och hasade in i sin trerummare. På golvet låg några ensamma flyttkartonger, persiennerna var nedfällda och damm virvlade upp där ljuset från den återvändande solen strömmade in.

”När var städaren här senast?” frågade hon i hälarna på honom. ”Vart ska du flytta?”

Täcken och kuddar var utspridda i oordning över sängen, överkastet låg hopknölat vid fotänden och en hög, sannolikt av smutsiga kläder, balanserade på en av kartongerna. Adams hem och liv var vanligtvis exemplariskt ordnade och rena. En syn som denna hade Alda aldrig tidigare bevittnat, och hon kände hur oron växte och blev alltmer påträngande.

”Jag gav städaren sparken, och jag ska flytta till Lidingö i morgon, nära föräldrarna.”

Adam gick fram till balkongdörrarna och drog upp ena persiennen. Han stod sedan stilla och kisade ut i tomma intet. Regnet utanför hade övergått till dugg och vinden tjöt genom löven.

Alda ryckte till av ringsignaler som hördes underifrån sängen. ”Ska du inte svara?” frågade hon.

Adam skakade på huvudet.

”Okej, men varför gav du städaren sparken?”

”Han slängde blomman. Den du gav mig.” Tonen var barsk. Han fällde ner persiennerna och vände sig om, ”men det skiter väl du i. Du och alla andra struntar fullständigt i mig.”

”Jag kom inte hit för att bråka med dig.”

”Okej.”

”Oavsett vad som hände mellan oss så bryr jag mig fortfarande om dig”, hon ville lägga till ordet tyvärr, men lät bli, ”och ditt telefonsamtal skrämde mig”. Hon suckade. ”Det här är inte likt dig Adam, du behöver nog besöka en läkare.”

Han nickade apatiskt och styrde sina steg mot köket, där han sjönk ner på en stol och fixerade blicken i köksbordet.

”Jag har redan gjort det. Titta i badrumsskåpet, snart är jag död.”

Hans ord var väldigt obegripliga. Alda kastade ett bekymrat öga på honom innan hon gick till badrummet. Hon öppnade skåpet och granskade innehållet, där bland annat en av medicinburkarna visade sig vara tom.

”En tablett till kvällen mot sömnen”, läste hon högt från etiketten.

Hon snurrade på burken och enligt datumet hämtades den ut för en vecka sedan och innehöll då tjugofem tabletter. Hon tog sig om korshalsbandet och rusade tillbaka till köket.

”Har du fått i dig alla tabletter från burken?”

Adam lyfte sakta på huvudet och tittade henne rakt i ögonen. Den nakna smärtan i hans blick fick henne att nästan rygga tillbaka.

”När tog du tabletterna?” fortsatte hon, men fick återigen inget svar.

Adam började i stället kippa efter andan, underkäken klapprade krampaktigt upp och ner och han blev riktigt blek.

”Adam!” skrek hon och började skaka om honom.

Han flackade med blicken, pressade handflatan över sin ryckande bröstkorg samtidigt som han hasade sig upp med hjälp av Alda. De staplade tillsammans in till badrummet, där han föll svajande på knä framför toalettstolen.

”Adam! Lyssna på mig.” Att stryka honom över ryggen fick hennes hjärta att sänka farten. ”Stoppa in dina fingrar så långt bak i halsen du kan.”

Han löd, och efter vad som kändes som en evighet hostade han till. Lite maginnehåll, med vitmosiga tabletter blandat med galla, stöttes ut genom munnen på honom medan Alda tryckte ner spolknappen.

Den fräna, kvalmiga spylukten fick henne att vända bort ansiktet, men hon koncentrerade sig på att inte låta den trigga i gång kräkreflexerna och fortsatte att stryka Adam över ryggen.

Han snörvlade och torkade mungiporna och näsan med handryggen.

”Känns det bättre?” frågade Alda.

”Förlåt, jag fick bara en impuls och plötsligt hade jag svalt en hel burk tabletter”, svarade han stötvis och hackigt. Hans kropp skakade när han reste sig, och i hans blick låg en tydlig skamkänsla. ”Förlåt.”

Alda stannade upp och svalde tungt. ”Du är förlåten. Jag förlät dig för länge sedan och det kanske är dags för dig att förlåta dig själv för allt som plågar ditt inre.”

Adam nickade och ett försiktigt leende spred sig över hans läppar, som om han var osäker på hur han borde bete sig gentemot henne efter den händelsen som de genomlevt tillsammans.

”Du har ett fint hjärta du”, fick han ur sig.

”Jag önskar att jag kunde säga detsamma.”

De båda skrattade.

”När fick du i dig en hemlagad måltid senast?”

”Jag har redan ätit.”

”Adam, jag ser på dig att du har gått ner i vikt, väldigt mycket. Hoppa in i duschen och raka dig, och när du är klar kommer maten att vara redo.”

”Nej”, sa han.

Alda lyssnade inte utan kavlade i stället upp sina koftärmar och vred på vattenkranen.

Det kalla vattnet forsade bakom duschkabinens väggar och friskade upp luften i badrummet.

”Kliv in i det kalla vattnet för att få fart på din blodcirkulation. Vi ses där ute om ett tag”, kommenderade hon och gick ut till köket.

Tjugo minuter senare framträdde en förvandlad man i köket. Det rödbruna, fuktiga håret var bakåtkammat. Hans ansikte nyrakat, hyn hade återfått sin naturliga lyster och kroppshållningen: rak i ryggen.

”Där är han, välkommen tillbaka”, sa Alda och lade upp rykande torskbit i dillsås tillsammans med potatisar och grönsaker i vardera tallriken på köksbordet.

”Tack, nedstämdheten jag har känt av varje dag i flera veckor är som bortblåst”, sa Adam och slog sig ner mittemot. Han tog ett par snabba tuggor av torskbiten i följd som en utsvulten hundvalp. ”Alda du får mig alltid att må bra. Det är något speciellt med dig.” Nu fanns det liv i de gröna ögonen. ”Jag vet nu att jag inte kan leva utan dig”, fortsatte han och sörplade i sig kaffe.

Alda hejdade sig med gaffeln halvvägs in i munnen, lät den sjunka ner i maten igen och såg rakt in i Adams ögon. ”När jag plockade ihop dina smutskläder inne i gästrummet hittade jag kvinnokläder, smink och hårprylar i en av flyttkartongerna. Vems är de?”

”Det är inte som du tror.”

”Vems?”

”Några vänner var förbi här i veckan och hjälpte mig packa. Några sov över och hon var liksom också här”, svarade han utan att möta Aldas blick denna gång. Det var uppenbart att han inte ville prata om det.

”Vem pratar du om?” En till synes onödig fråga, eftersom hon visste att Adam ändå inte skulle svara ärligt.

”Någon vars namn jag inte kommer ihåg. Hon och pojkvännen sov i gästsovrummet.”

Sluta ljug för mig, ville Alda svara, men funderade i stället på hur hon skulle uttrycka sig utan att trigga i gång honom.

”Adam”, började hon mjukt, ”du är singel och fri. Du behöver inte ljuga för mig, men du måste släppa taget om mig.”

”Det kan jag inte.” Han lade sin hand på hennes, men hon drog undan den. ”Ge oss två en chans och du kommer inte att ångra dig.”

Det isade till i magen. ”Sluta, sluta, vi var inte bra för varandra. Jag grät mig själv till sömns så många gånger på grund av dig. Oss. Jag vill inte gå igenom allt det där igen.”

”Det kommer att bli annorlunda denna gång.”

”Jag tror inte på dig.”

”Kan du inte stanna, sova över här som förr i tiden? Du kan såklart ta sovrummet och jag gästrummet. Vi kan prata i lugn och ro, utan störningsmoment”, insisterade Adam.

Alda blundade och masserade sina tinningar. ”Det ringde på din mobiltelefon igen, när du var i duschen. Jag svarade och personen i telefonen undrade vad du ville ha till kvällsmiddag. Jag passade på att berätta om ditt mående, och personen är på väg till dig nu i stället för på kvällen.” Alda öppnade ögonen och snörpte på munnen. ”Du får prata i lugn och ro med ditt ex i stället, utan störningsmoment.”

”Okej, okej, jag ska tala sanningen för dig. Jag har sällskapat med en eller två kvinnor efter vårt uppbrott, men det var bara för att fylla ut tomrummet. Jag kände mig ensam”, försökte han sig på en förklaring. ”Mitt ex var här, och ja, du vet, men det hela betydde inget för mig – precis som förra gången.”

”Vad menar du med precis som förra gången? Var du otrogen när vi var tillsammans?”

Adams skamfyllda blick var tillbaka.

Ringsignaler skar genom den makabra stämningen, och tacksam för avbrottet fiskade Alda hastigt upp sin mobiltelefon från väskan.

Ett telefonförsäljningsnummer lyste tvärs över skärmen.

”Jag måste ta detta samtal”, ljög hon med gråten i halsen. Hon visste redan svaret på sin egen fråga. ”Din granne hälsade förresten, och vad det nu är värt: lycka till med flytten tillsammans med ditt ex, din sambo eller vad hon nu än är för dig”, avslutade hon sina välvalda ord, pussade Adam tafatt på pannan och lämnade honom åt sitt öde.

Vad än det hade i sitt sköte.

Måndag 8 juni 2015

ALDA GLED IN fötterna i sina klackar och drog åt sig väskan från krokhängaren på väggen, med mobiltelefonen tryckt mot örat.

”Förlåt, förlåt för att jag inte har hunnit ringa upp dig.”

”Jag har varit sjuk av oro sedan du åkte till Adam i lördags”, klagade Alicia. ”Du sa aldrig vad du skulle dit och göra.”

”Jag vet, men jag skickade textmeddelanden till dig.”

”Vänta, jag ska kolla. Ja, nu ser jag dem.” En suck av förvåning hördes i telefonen. ”Gumman…”

”Jag vet.”

”Du måste vara rädd om ditt hjärta och inte falla för hans knep att få tillbaka dig.”

”Han höll på att överdosera framför ögonen på mig.”

”Det där var sjukt gjort av honom”, skrattade Alicia. ”Han tog säkert bara några sockerpiller och fejkade allt därefter. Gjorde han något mer förutom att spela döende?”

Alda tystnade och kliade sig på pannan, och trots impulsen att vilja berätta för Alicia om Adams mer eller mindre väntande otrohetsbekännelse, hejdade hon sig.

Hon kände sig känslomässigt utmattad och ville inte öppna upp det förflutnas dörr ännu en gång – varken nu eller i framtiden.

”Ja, han kanske iscensatte det lite”, svarade hon, ”men jag hade mått dåligt om han hade överdoserat på riktigt och jag hade kunnat förhindra det, men lät bli. Förstår du?”

”Ja, och jag är på din sida, vilket också innebär att jag måste tala om för dig när du utsätter dig för onödiga risker.”

”Jag vet.”

Hissen stannade på en våning och irritation steg upp till ytan över att ingen stod utanför.

”Varför skickade du inte bara ambulansen eller polisen hem till honom efter att han hade ringt dig och indirekt hotat med självmord?” frågade Alicia.

”Jag vet inte, något inom mig förde mig hit… jag vet inte, men nu vill jag bara härifrån. Vad än det var jag var menad att göra borde vara avverkat nu.”

Ekande fotsteg nalkades och precis innan hissdörrarna skulle stängas, stoppade någon sin hand mellan springan.

En man, iklädd träningskläder som synade hans muskulösa kropp, klev in – det var han, den främmande mannen. Vad gjorde han här på hennes extrajobb? undrade Alda medan hon tyst erinrade sig omgivningens professionella kontext: en åklagarkammare, där han som polis naturligtvis hade en självklar närvaro.

En nyfiken rynka bildades i hans nyligen helt släta panna. Han log hastigt.

”Jag tror inte att vi hann hälsa ordentligt förra gången”, inledde han, och rätade till sin sportklocka innan han artigt räckte fram handen. ”Jonas Strömgren.”

Han mindes henne, efter tre år, och hans röst var precis som hon kom ihåg: mörk och len på samma gång. Det var tur att hissen var rymlig, annars hade han säkerligen kunnat se eller höra hennes hjärta som skenade i väg.

”Alda Barros Lindblom”, hälsade hon tillbaka med fokuset kvar i det förflutna.

”Hallå?”

De båda blickade reflexmässigt på hennes mobiltelefon.

”Min älskade bästis jag ringer dig”, svarade Alda något frånvarande.

”Vad är det som händer? Vem är det du pratar med?” frågade Alicia på.

”Puss och kram.”

Alda tryckte bort telefonsamtalet och stoppade ner mobiltelefonen i väskan.

”Jag får en känsla av att din syster är något överbeskyddande, men trots det har ni lyckats behålla en fin relation.”

”Mansplainer du nu?”

En diskret axelryckning var allt han unnade sig som svar.

Alda småskrattade och slog ner blicken innan hon tittade upp på honom igen. ”Jo, men det stämmer. Hon är en aning överbeskyddande, men vi är inte syskon.”

”Jag såg dig i min byggnad i lördags. Hur kommer det sig förresten att du var på besök där igen?”

Frågan ryckte Alda tillbaka till verkligheten och fick en klump att bildas i magen. ”Min före detta pojkvän bor där, och vi behövde prata ut en sista gång.”

Jonas höjde på ögonbrynen och slog ut med armarna i vad som såg ut som en beklagande gest. ”Det var inte meningen att lägga mig i.”

Det plingade till när de anlände på entréplanet, och när de gick mot porten insåg Alda att tystnaden hade varat för länge för att det inte skulle bli konstigt.

”Vi gjorde slut för tre år sedan”, återupptog hon konversationen. ”Det var samma natt som jag skyndade mig ut därifrån.”

”Var det därför du grät?”

Han mindes.

”Ja, och i min desperation att fly höll jag på att snubbla över mina egna fötter och tappade väskan…”

”Det var då jag dök upp av en slump och hjälpte dig”, avslutade Jonas meningen.

”Något i den stilen.” Alda blev skär om kinderna. ”Tack förresten, tre år senare, på efterhand. Du var en oväntad hjälp för mig.”

”Det var mitt nöje. Låt mig få skjutsa dig, vart ska du?” frågade han med ett varmt leende och höll upp portdörren åt henne.

Det var en aning grått ute, solen var dold och en doft av fuktig asfalt och stendamm virvlade i luften.

”Tack, men jag ska promenera hem och rensa tankarna lite.”

”Jaha, då får jag väl nöja mig med ditt mobilnummer för tillfället”, insisterade han och fiskade upp sin mobiltelefon från sportarmbandet.

Jonas skicklighet i att balansera maktövertaget var tydlig. Han visste exakt hur långt han kunde gå utan att överskrida gränsen.

”Du”, Alda pausade och vände sig om för att möta hans blick.

”Ja?”

”Du är snygg, charmig och säkert en bra man, men jag håller på att gå igenom stora livsförändringar och är inte intresserad av att träffa någon just nu.”

”Livsförändringar som klimakteriet?”

”Va’?” frustade Alda och tittade på honom med vidöppna ögon. Vilken djärvhet! ”Nej, hur gammal tror du att jag är?”

”Vad är det för livsförändringar du går igenom då?”

De gick över gatan och sneddade in på Adolf Fredriks kyrkogård, där fåglars kvitter ekade mjukt mellan träden och buskarna utmed stigen.

”Jag har äntligen brutit mig helt fri från det förflutna, omskolar mig till jurist och jobbar extra som administratör på City åklagarkammare.”

"Ah, jag hade precis tänkt fråga dig vad du gjorde där. Vad sysslade du med innan du började omskola dig?"

"Jag har en filosofie kandidatexamen i data- och systemvetenskap sedan tidigare och arbetade ett kort tag inom IT-branschen, men jag kunde inte släppa viljan att arbeta som jurist."

"Varför just det yrket?" ångade Jonas på.

"Jag vill bli åklagare, en av demokratins väktare. Det kommer från mitt starka rättspatos och viljan att brottsoffren ska få upprättelse", svarade Alda stolt och styrde promenaden vidare in på Sveavägen. "Jag har dessutom alltid fascinerats av rättegångsserier där en modig kvinnlig åklagare riskerar sin karriär för att avslöja mäktiga gärningsmän. Hon ställer sig framför domaren och börjar sin strid med orden: 'Herr domare, jag står inför er som statens företrädare'. Dessa ord ger mig alltid gåshud."

"Det visar sig därtill att huvudvittnet är en del av oegentligheterna, varpå han hänvisar till sin rätt att vägra yttra sig med stöd av konstitutionens femte tillägg", fortsatte Jonas på samma spår.

"Ah, de ökända orden", skrattade Alda, "I plead the fifth", sa hon med den mest amerikanska dialekten hon kunde uppbåda.

”Exakt!” log Jonas och började leka med en lös sten med foten.

”Du vet väl att det finns en motsvarig rättighet i svensk lag för ett vittne att vägra yttra sig?”

”Nej, det visste jag inte. Jag börjar termin tre nu i höst, och det är först senare som jag kommer att läsa straff- och processrätt.”

”Ett vittne får vägra att svara på frågor, enligt rättegångsbalken, om…”

Alda stannade upp för ett ögonblick. ”Ursäkta, mansplainer du igen?”

”Vill du inte veta om den svenska versionen?”

Hon snörpte på munnen, funderade, och sparkade sedan lätt på stenen som Jonas lekte med så att den studsade framåt. ”Kör!”

”Ett vittne får vägra att svara på frågor om en omständighet, om det skulle leda till avslöjandet av att vittnet eller någon närstående har begått någon brottslig eller vanärande handling.”

”Om jag har begått ett brott och sedan är vittne i en rättegång av helt andra skäl, kan jag alltså vägra svara på förhörsfrågor om mina svar skulle avslöja brottet jag begick?” frågade Alda.

”Ja, precis. En liknande rättighet följer även direkt av Europakonventionen: rätten att vara tyst som misstänkt under en pågående utredning eller som tilltalad under en rättegång.”

”Se där! Tack för lektionen. Jag skulle dock inte vägra svara på frågor under ett förhör, men aja, nog om mig. Vad händer hos dig då?”

”Jag är polis och trivs väldigt bra med det.”

”Jo, men det visste jag redan”, svarade Alda och svängde, helt på autopilot, höger till Uggelviksgatan. ”Varför valde du just det yrket?”

”Hur visste du att jag var polis?”

”Eh, ja du”, sökte Alda febrilt efter ett svar som inte innefattade avslöjandet av att hon fick informationen från portvakten, ”I plead the fifth.”

”Ha-Ha!” artikulerade Jonas. ”Fröken Barros L har alltså kollat upp mig?”

”Kanske, kanske inte, men du svarade inte på min fråga om varför du valde just det yrket?”

”Mina föräldrar är forskare, och det var min tanke från början också, men sen dog min pappa.”

Jonas tystnade tvärt. Alda kände hur en sval sommarvind smekte hennes kinder medan hon såg upp mot honom. Han verkade djupt försjunken i sina tankar, som om han hade ångrat sitt svar i samma stund som orden lämnade hans mun.

”Jag ville arbeta närmare människor i stället, göra skillnad i människors liv, vardag och trygghet”, fortsatte Jonas. ”Jag sökte till polisutbildningen ungefär två år efter att jag tog studenten, och det har jag aldrig ångrat än i dag.”

”Upplever du någonsin rädsla för att bli beskjuten i tjänst?”

”Nej, jag kan dessutom inte tänka mig att arbeta med något annat, och precis som du drivs jag av viljan att skipa rättvisa.”

”Tror du på Gud?”

”Jag döptes som barn och tror på Gud, men kan inte låta bli att undra ibland vad det är han håller på med. Min far, var en hårt arbetande, kristen och godhjärtad man… och ändå dog han långt före sin tid.”

”Jag förstår, men du”, sa Alda när hon lade sin hand tröstande på hans arm. Att hon som en total främling vågade tränga in i någon annans känsliga livsområde var något hon aldrig hade gjort tidigare. ”Jag beklagar din fars bortgång.”

Jonas ögon blickade nyfiket på henne, liksom studerade hennes ansiktsuttryck.

”Vad?” frågade hon.

”Nej, inget”, log han, ”men tack för kondoleansen. Du får gärna ta mitt nummer och slå en pling när du känner för det.”

”Jag tror inte att din sambo skulle uppskatta det”, kontrade Alda kort och lade armarna i kors.

Jonas synade henne igen, men roat denna gång och lyfte på ena ögonbrynet. ”Det är min bror som står med mig på bostadsrätten.”

Alda släppte ner sina armar igen. ”Jaha!” harklade hon sig generat och knappade sedan in sitt nummer i hans mobiltelefon.

Jonas tog tillbaka den och tryckte på ringknappen, varpå Aldas väska började vibrera.

”Är du orolig över att jag ska ge dig fel nummer?” frågade hon.

”Nej, så att du har mitt nummer och kan ringa mig när du känner för det, och fröken Barros L”, han drog upp munnen till ett snett leende. ”Jag får alltid den jag vill ha”, sa han med betoning på ordet ’den’.

Vilken djärvhet!

”Jag hämtar upp dig i morgon kväll klockan sjutton på?”

Var det en fråga eller en order?

”Valhallavägen 60.”

”Det är i krokarna, låt mig följa med dig till din port. Det är ett, eh”, han kliade sig i nacken, ”ett otryggt område det här.”

”Karlaplan?” frågade Alda ironiskt och upptäckte först då att de redan hade promenerat en bra bit och nu var bara några minuter bort från hennes port.

Molnen ovanför dem var insvepta i ett mjukt dagsljus.

”Ja, man vet aldrig”, skrattade Jonas med en axelryckning och skannade skämtsamt området, vilket fick Alda att fnittra.

En granne hade parkerat sin moped vid trottoarkanten och var upptagen med att låsa den när hon plötsligt fick syn på Alda och lyfte sin hatt i en tyst hälsning.

Alda och Jonas besvarade hälsningen samtidigt.

”Känner du min granne?”

”Nej, men hon verkar trevlig.”

Alda log. ”Du, tack för den trevliga promenaden, men jag måste hem nu. Jag klarar mig säkert själv under de få metrarna till min port.”

”Okej, madame”, sa Jonas och plockade en stor ros från en närliggande buske som han sedan placerade varsamt i hennes hår.

De stod tätt intill varandra, hans hals var blottad nära hennes nästipp. Gud vad gott han luktade, tänkte hon och vädrade diskret i luften. Hugo Boss?

”Jag kommer att vänta på ditt samtal”, avbröt Jonas den laddade stunden.

”Du”, Alda lade huvudet på sned och såg ner i marken innan hon tittade upp på honom igen. ”Jag är inte redo för en ny man i mitt liv just nu.”

Jonas drog djupt efter andan. ”Jag förstår, men spara mitt nummer och när du är redo är det bara att ringa.”

Han tryckte sedan in ett par trådlösa hörlurar i sina öron, och i samma ögonblick som han joggade i väg plingade det till i Aldas mobiltelefon.

Alicia Savić
I dag 16:55
Vem pratade du med i hissen?
Han lät snygg :*
Glöm inte sambalektionen
i morgon kväll, puss.

Det hade hon totalt glömt bort. Tänk Alda, tänk. Hon var trött och behövde vila, det var inte förhandlingsbart, å andra sidan inte tjejhänget med bästisen heller.

Alda Barros L
I dag 16:56
Jag berättar i morgon :*
Vi kan hänga på min
innergård i morgon,
sola och dricka flädersaft.
Puss!

skrev hon och tryckte på sänd. Problemet var löst.

Fredag 1 juni 2016

ALDA LADE HUVUDET på det silkeslena örngottet och lyssnade, men kom bara åt sina egna hjärtslag och något som surrade i bakgrunden som sedan tystnade. Hon suckade och fällde täcket åt sidan för att kyla benen i fläktens tysta vindpustar.

Det var gott som öde där ute. Ingen vind, inga regndroppar, inga mekaniska fågelläten hördes. Nästan som om det inte fanns någon värld där utanför.

Mobiltelefonen låg nedsläckt och stilla på nattduksbordet bredvid glasögonen. Hon plockade upp den. Mobilskärmen visade klockan 00:01 och aviserade alla missade samtal, textmeddelanden med gratulationer som hon ännu inte hade hunnit besvara. Hon kunde inte somna och skyllde på att hon i dag fyllde trettiotvå år. Det kanske inte var mycket, men det var tillräckligt för att hon skulle känna sig ensam. Hon skyllde även på termin fems sista tenta i internationell privaträtt, extrajobbet, och på myggen som surrade utmed sovrummets vita väggar. Där var det, tänkte hon, det surrande ljudet som höll henne vaken. Hon skyllde på allt.

En någorlunda inövad fokusförskjutning från det som verkligen gäckade hennes tankar. Jonas. Hennes hjärta hävde sig med ens mot gamla kärleksminnen.

Brandmannen Zacarias, den första pojkvännen, följt av affärsjuristen Adam, den stora kärleken som slutade i spillror, och nu polisen Jonas. Vem han än var för henne.

Hennes kärleksliv måtte ha börjat rätt sent och hon måtte ännu betraktas som oerfaren av sin bästa väninna, men om det var något hon redan hade lärt sig var att kärleken kunde göra ont och att män inte alltid var att lita på.

Hon knappade ett textmeddelande till Jonas:

Alda Barros L
I dag 00:12
Vi behöver ett smeknamn.
Varför har du inget
smeknamn för mig?

Jonas Strömgren
I dag 00:13
Haha!
Va? Jag skrev ju
"Grattis älskling på din dag!"
tidigare i dag, men du
svarade inte.

Alda Barros L

I dag 00:13

Vad gör du?

Jonas Strömgren

I dag 00:14

Jag tänker på dig
:* :* :* :*

Alda Barros L

I dag 00:14

Vi behöver ett annat smeknamn.

Jonas Strömgren

I dag 00:15

Okej, varför gillar du
inte 'Älskling'?
<3

Alda Barros L

I dag 00:15

Det låter klyschigt :/.

Jonas Strömgren

I dag 00:15

Vad sägs om 'Baby' då?

Alda Barros L

I dag 00:16

Nää, det låter också klyschigt...

Jonas Strömgren

I dag 00:17

Varför är du på krigsstigen igen?

Det ryckte till mellan ögonbrynen, hon avvaktade i några minuter och sände sedan ett bestämt svar.

Alda Barros L

I dag 00:23

Jag vet inte var jag har dig!

Pratbubblan med de studsande prickarna dröjde sig länge, sedan försvann den, följt av en tystnad.

Alda strök med fingertopparna över displayen, som om hon kunde röra vid Jonas, sedan knappade hon i väg ytterligare ett textmeddelande.

Alda Barros L

I dag 00:33

Somnade du?

Pratbubblan med de studsande prickarna dök upp igen, sedan försvann den igen och ersattes av en ringsignal som fick hjärtat att lämna kroppen.

”Hej”, sa Alda i mun på Jonas.

”Vad håller du på med?”

”Vad menar du?” frågade hon med blicken fäst vid det höga taket.

Hon hörde den dolda myggen som hade hållit henne sällskap. Det lät som om den letade efter något bland de ihopsatta lagren av vita vågformade rispapper som utgjorde taklampan.

”Jag kommer inte att lämna dig om det är det du är orolig över.”

”Kan man lita på män?”

”Du kan lita på mig.”

”Du kommer att försvinna förr eller senare.”

”Jag ska ingenstans.”

Tystnad. Hon hävde sig upp på ena armbågen i sängen och kände hur en sval vindpust svepte över henne. Fläkten var alltjämt i gång.

”Är du kvar?” frågade Jonas.

”Vad är vi? Vad är dina intentioner med oss?”

”Vad menar du?” frågade han och lät tankfull. ”Vi är väl ett par?”

Alda slog ner blicken och svalde hårt. ”Jag börjar faktiskt bli trött nu. Jag behöver tid för mig själv, vi får höras om någon vecka eller två.”

”Alda... kom igen. Var inte sur på mig. Du vet var du har mig. Vi syns på morgonen för att fira dig.”

”Nej, det gör vi inte, eftersom jag behöver paus från oss, från vad än det här mellan oss är.”

”Vänta, vänta, kan du snälla lyssna på mig?”

”Mm.”

”Du har velat besöka Frantzén flera gånger, men det har inte blivit av har du sagt. Jag har lyckats boka ett bord för oss och gänget den femtonde juli klockan sjutton för att fira din födelsedag ordentligt.”

Han kom ihåg, hennes hjärta värmdes, men hon stod på sig. Det var slut på anpassandet efter honom, hon ville inte bli sårad igen, hon orkade inte.

”Jonas, god natt”, svarade hon och tryckte bort samtalet i samma veva som hon slog efter myggen, men missade.

Var han kär i henne? Älskade han henne? Ville han ha en gemensam framtid med henne?

Frågorna hopade sig utan färdiga svar. Hon visste däremot med sig att han hade känslor för henne, eller ja, han älskade henne, rättade hon sig själv, men någonstans djupt inom sig fanns en oro. Jonas var charmig med ett fördelaktigt yttre som oftast fick kvinnor att ivrigt vilja vara honom till lags utan att kräva något i gengäld. Alla hennes frågor om hans tidigare kärleksliv och det mellan henne och honom tystades alltid av kyssar eller prat om annat, men inte innan hon hade hunnit se ett stänk av något outgrundligt i hans blick. Det var säkerligen för att han jonglerade mellan Alda och alla hans andra kvinnor.

Alda utstötte en fnysning och kastade i väg ett par kuddar med sådan kraft att en av dem välte omkull fläkten. En av kvinnorna kunde möjligtvis vara åklagare Erika dos Santos Wallén. Det fanns ögonblick på arbetsplatsen när hon och Jonas, i Aldas närvaro, fick syn på varandra och inte kunde dölja sina känslor om vad än det var som fanns mellan dem.

Alda bet ihop, för att hindra tårarna som hotade att rinna över till följd av irritationen som bubblade i magen. Hon föll tillbaka med huvudet på kudden och gjorde inget åt ringsignalerna som drog genom rummet. De avlöste varandra, men hon lät dem ljuda medan hon tryckte sin största kudde över ansiktet och skrek i den. Det var först när den sista ringsignalen ebbade ut som hon torkade ansiktet med fingertopparna.

De svekfulla tårarna fortsatte ändå att rinna fritt, trots hennes ansträngning att hindra dem. Hur kunde hon tillåta sig själv att gråta över en kvinnokarl? En obehärskad, kåtbockig kvinnokarl som kanske till och med var med en annan kvinna i talande stund. Hur?

Hon begravde ansiktet i kudden och andades tungt i den.

"Deus," viskade hon, "förlåt mig för att jag förlorade mig själv och min tro i Adams närvaro.

Jag kände en tomhet så förfärande. Det var som om du hade dolt ditt ansikte för mig – för att sedan visa mig din kärlek och barmhärtighet. Du räddade mig från honom, och för det är jag evigt tacksam." Hennes ord kom ut som snyftningar. "I dag känns hjärtat tungt igen. Jag överlämnar därför återigen mitt kärleksliv i dina händer, men ber dig denna gång att visa mig mannen som är ämnad för mig. Amém!"

En känsla av lugn infann sig, men trots detta vred och vände hon sig i sängen, sömnlös och rastlös. Det var inte förrän klockan 01:05 som hon äntligen försjönk i en utmattad sömn, och lämnade kvar sitt hopp i nattens tystnad.

När Alda vaknade av smattrande ljud mot fönsterrutan trodde hon först att det hade börjat regna, men inga regndroppar syntes. Det var bara mörkret som buktade mot rutan. Några minuter senare smattrade det igen, varpå hon flög upp ur sängen. Hon tog på sig sina glasögon i samma veva och stegade fram på tårna. Ögonen som nyligen var svullna av tårar och efterföljande sömn var nu vidöppna av skräck, där hon stod hukad bakom gardinerna och blickade ut genom fönstret.

En grupp möbler av trä stod hopfällda mitt på innergården som i sin tur ramades av nyplanterade syrenbuskar. En strimma ljus från en av lyktorna föll på en skugga som rörde sig runt buskarna. Det var en manskropp. Aldas öron dånade av hjärtats hårda bultande. Den främmande mannen hade en pösig luvtröja med huvan uppdragen över huvudet och undertill en keps som var nerdragen i pannan.

När han tittade upp tyckte Alda se sin före detta pojkväns ansikte. Hon slutade andas och satte glasögonen till rätta över näsryggen, som för att försäkra sig om att det verkligen var Adam.

Det var inte han. Det första intrycket var en känsla av lättnad, åtföljd av irritation.

”Esse homem é mesmo burro. *’Denna man är verkligen dum’*”, muttrade hon för sig själv och öppnade fönstret. En doft av nyklippt gräs letade sig in i näsborrarna. ”Jonas? Vad gör du där nere?” frågade hon och hävde sig över karmen. ”Det är mitt i natten, du kommer att väcka mina grannar.”

”Hade du svarat på mina samtal, så hade du vetat om att jag var på väg till dig.”

”Ska inte du upp och jobba om några timmar?”

”Nej, inte förrän i morgon, men jag kunde inte somna efter vårt tjafs.”

Alda snörpte på munnen. ”Jag kommer ner. Ge mig fem minuter.”

”Icke sa Nicke, jag kommer upp”, kontrade han med blicken fäst vid det stora trädet med en någorlunda rundad krona som växte intill husfasaden.

”Du ska väl inte”, hann Alda säga innan hon avbröt sig själv med handen som for upp kupad runt munnen.

Jonas klättrade upp till henne på andra våningen. Trädets täta gröna bladverk rasslade och enstaka grenar knäcktes.

”Till dig my love”, sa han och räckte henne en bukett bestående av nyplockade syrener innan han hukade sig in genom fönstret.

”Atchoo!”

”Prosit!” sa Jonas samtidigt som han viftade med handryggen mot myggen som ilsket flög mot buketten ett par gånger innan den hittade ut till friheten.

Alda lade lätt pekfingret över sitt leende. Hon kunde inte se hela Jonas ansikte i mörkret, men såg över kanten på glasögonen, som hade glidit ner till nästippen, att även han log.

”Vad var det du skulle säga?”

”My love, är ditt namn i min mobil.”

Han doftade så där som bara han gjorde.

”Jag har ett smeknamn för dig med andra ord”, fortsatte han och böjde sig ner för att pussa henne under örat.

Det kittlade mot örsnibben.

”Sprang du hela vägen hit bara för att säga det där?” frågade hon med fingrarna i hans kortklippta blonda hår. Det var fuktigt av svett.

”Japp, du är värd all min tid och uppmärksamhet och mer därtill”, svarade han och kysste henne.

Den inre irritationen löstes upp inom henne, som om allt tidigare hade varit obetydligt. De stod tätt intill varandra, kropp mot kropp, läppar mot läppar, till dess båda behövde dra efter andan.

”Jag måste ha vatten”, drog Jonas sig ur omfamningen och gav Alda en tafatt puss på sidan av halsen innan han lämnade rummet.

Ute i köket drack han vatten under kranen som om hans liv hängde på det. Han gick sedan vidare in till badrummet och av ljuden att döma satte han i gång tvättmaskinen och kort därpå duschen. När han återvände stannade han till och lutade sig mot dörrkarmen. Han granskade Alda tämligen oblygt, där hon satt på sängkanten med händerna utmed sidorna. Hon hade draperat sina cendréfärgade rastaflätor över axlarna och var väl medveten om vilken lyster det gav henne i det milda ljuset från nattduksbordets lampa.

”Hej”, harklade han ur sig till sist och vinkade med ögonbrynen.

”Não, não, inte i natt”, skakade hon på huvudet och lade det högra benet över det vänstra.

Hon ville verkligen markera att de behövde prata ut om väldigt mycket. Jonas skrattade så att hans magrutor guppade upp och ner.

”Nähep!” utbrast han med ett leende och klev över tröskelplattan in till sovrummet. ”Förresten, varför ligger dina kuddar på golvet, och varför är fläkten omkullvält?” frågade han och ställde upp fläkten bredvid den meterhöga glasvasen med artificiell eukalyptusbukett i.

”För att du gjorde mig irriterad när vi talades vid i telefon”, sa Alda och lade sig till rätta i sängen.

”Busfrö”, svarade han och släckte lampan.

Det avdunstade värme och doft av kokos med underton av vanilj från honom när han lade sig intill henne.

”Ja, men du svarade aldrig på frågan om vad dina intentioner var med mig. Jag blev irriterad”, gäspade hon. ”Du har dessutom aldrig berättat för mig om hur din far dog.”

Han svarade med att dra in hennes doft utmed nacken ner mot vänstra skuldran, som om han följde en osynlig linje med nästippen.

”Nå?” fortsatte hon medan hon lade en kudde mellan dem och inväntade svar som tycktes dröja.

”Shit, vad du är fröken försiktig”, skrattade han med ett utdraget suckande ljud.

”Nej, jag är fröken-vill-prata.”

”Jag vet inte”, svarade han till slut. ”Jag tror bara att jag är en skadad människa.”

Alda vände sig om. Jonas vilade sitt huvud i handen, och trots mörkret såg hon att det glänste till i hans blågröna ögon som rörde sig nyfikna över hennes ansikte i ett försök att avläsa henne.

”Vad menar du?” frågade hon.

”Jag är rädd för att förstöra det vi har.” Han strök undan en ensam fläta från hennes panna och drog med fingertopparna utmed hennes kindben. ”Jag tenderar att förstöra allt fint i mitt liv, och jag vill inte förstöra det vi har.”

Han stillade blicken. Nyfikenheten hade bytts ut mot det välkända stänket av något outgrundligt, följt av kyssen. Alda slets mellan viljan att fortsätta intimiteten och det envisa behovet av att få prata ut. Hon ville passa på nu när Jonas såg henne, när han såg henne verkligen.

”Prata med mig”, viskade hon och trummade otåligt med sitt välmanikurerade pekfinger mot hans mun.

”Jag...” började han, men i stället för att fortsätta ställde han sig plötsligt på alla fyra över henne, avvaktande.

Rörelsen framhävde hans axlar och den oemotståndliga blandningen av respekt och beundran i hans blick, som hade förmågan att fördunkla hennes omdöme. Det påminde henne om den 1 juli 2015, första gången de kysstes. Alda log mot honom, men skakade på huvudet. Det avbrutna samtalet malde i hennes huvud.

Jonas lade pannan i veck. ”Alda, du gör mig tokig! Vad är det du behöver från mig egentligen?”

”Vi började äntligen prata, men sedan slutade du.” Hon flyttade på sig. ”Vad skulle du säga, och varför undviker du att prata med mig?”

Jonas lade sig på rygg med en suck. Alda var snabb att reagera; hon vred sig mot honom och vinklade hans ansikte mot sitt. Hon lät sedan handen glida ner till hans hals, där pulsen slog rytmiskt mot hennes handflata.

”Min far begick självmord. Han hade en kärleksaffär med en kvinna som han älskade djupt. Han valde dock att lämna henne för familjens skull, för moderns skull. Något jag önskade att han inte hade gjort.” Jonas drog ett djupt andetag, väntade i en halv minut och fortsatte undfallande.

”Å andra sidan led han av depression långt innan kärleksaffären, men den nya kvinnan gav honom liv och gjorde honom lycklig. Det jag vill ha sagt är att psykisk ohälsa finns i olika former inom släkten. Jag är osäker på om du verkligen vill ha någon som mig som din pojkvän. Om du verkligen vill ha en framtid med en människa som mig med ett skadat och förvirrat förflutet som har lämnat ärr i mitt inre.”

Kontrasten mellan Aldas teori om varför Jonas hade varit känslomässigt avståndstagande och den verkliga anledningen var för stor för henne att ta till sig. Hon kände sig dessutom skamsen över att för några timmar sedan indirekt ha kallat honom för kåtbockig kvinnokarl. Vågen av samvetskval tillsammans med den inre missaktningen gentemot honom fick kinderna och halsen att kännas brännheta och röda, men tack vare hennes hudfärg syntes det säkerligen knappt.

”Jag var utmattad och höll på att falla in i någon slags depression, men sedan dök du upp i mitt liv igen och blev återigen en oväntad hjälp för mig. Vad sägs om att det är min tur att hjälpa dig nu?” frågade hon och kysste honom mjukt, som ett avslut på det som har varit och en början på det som komma skall.

”Du har ett fint hjärta”, svarade han, och hans mun undslapp helt plötsligt ett nervöst skratt innan han fortsatte. ”Jag älskar dig.”

Det var första gången han tydligt sa att han älskade Alda. Han kanske inte insåg att det var första gången, men det gjorde hon och det gladde henne att han äntligen vågade vara helt sårbar inför henne. Hon visste att öppen sårbarhet inte var något som föreföll honom naturligt, vilket förmodligen var anledningen till att orden föregicks av ett nervöst skratt.

”Du har också ett fint hjärta, och jag älskar dig med.”

De låg tysta. Ett tyst samförstånd, med fingrarna sammanflätade ovanpå Aldas höft. Jonas biceps förvarnade om att han skulle somna när som helst. Han andades avslappnade jämna och djupa andetag, som slog in likt mjuka värmande vågor mot hennes hjässa.

Bruset från trädkronan utanför ackompanjerades av fågelläten. Världen hade börjat vakna till liv i takt med soluppgången, och dess svaga brandgula sken som bröt in genom sovrummets gardinernas vita fibrer och lekte över tavlan på långväggen. Ett abstrakt konstverk, akvarellfärgat i vitt och turkos föreställande en kvinna på väg att omfamna sin man.

Fredag 15 juli 2016

DET VAR EN stillsam kväll på Frantzéns privata matsal. Dämpade strålar från dolda ljuskällor kastade ett varmt sken över inredningen i rummet som bestod av material som ek, marmor och mässing samt ett färgschema i dova, jordnära toner. En kypare iklädd skarpt skuren svart kostym rörde sig i bakgrunden. Hans hållning var rak, rörelserna precisa, redo att tillgodose varje gästs önskemål med en effektivitet som gränsade till osynlighet. Alicia hördes mest av alla i rummet med sin ljusa stämma, och på väggen bakom henne hängde subtila konstverk med skandinaviskt inslag.

”Hur går det med arbetet förresten?” frågade Alda mätt och belåten.

Hon vred sig med ryggen mot Jonas, liksom formade sig efter hans kropp där de satt i soffan som de hade förflyttat sig till efter maten. Det stod en flaska Château Margaux framför dem. En alkoholfri variant som tydligen var väldigt svår att få tag på enligt Jonas, men dess goda smak och rubinröda färg som glimmade vackert i kristallglasen var förhoppningsvis värda besväret.

”Det går framåt. I går hade jag ett möte med en läkare som var vän med ett av offren i det senaste fallet jag arbetar med, och på måndag ska jag vittna.”

”Du lär vara van vid att vittna i mordrättegångar.”

”Van blir jag aldrig. Det är mordrättegångar alltför horribla.”

”Jag är ledig till augusti och ska se till att vara på plats i rättssalen på måndag för din skull.”

Alda tryckte örat mot hans lena bröstkorg som blottades av skjortöppningen, och lyssnade med stängda ögon på hans hjärtslag i takt med surrandet av regnet utanför. Belysningen i rummet var uppenbart strategiskt placerad för att skapa intimitet utan att vara för påträngande.

De omkringstående skrattade, höjde sina glas i skål och någon ropade på Alda, men hon fortsatte att lyssna på Jonas hjärtslag, som avlägsna ekon i sorlet.

”Du”, sa hon med en undrande ton. ”När du känner att det blir för jobbigt under ditt vittnesmål, är det bara att leta efter mitt leende bland åhörarna.”

”Tack”, sa han och pussade henne på hjässan.

Hon sneglade upp på hans välrakade ansikte. Hans kindernas rodnad konkurrerade med hans läppars rosighet.

”Vad är det?” frågade hon förläget, väl medveten om att hon älskade att vara i hans blickfång.

”Kommer du ihåg bostaden på Södermalm som vi tittade på häromveckan?”

”Vi tittade på ett antal bostäder.”

”Den på Skånegatan med högt i tak och egen trädgård som du blev förälskad i.”

”Ja”, svarade hon och vilade återigen huvudet på hans bröstkorg. ”Den var min favorit, men någon annan hann köpa den innan vi beslutade oss för att köpa eller inte. Jag såg det i dag på morgonen, på mäklarens hemsida att bostaden var såld.”

Jonas kramade om henne. ”Ja, det var just det jag tänkte säga. Blev du ledsen?”

”Nja, vår drömbostad kommer att dyka upp inom sinom tid. Jag känner det på mig.”

”Du är en mogen, klok och förståndig ung kvinna. Jag vill veta allt om dig.”

”Du vet redan allt om mig.”

”Jag har faktiskt läst på en hel del om Angola.”

Alda körde en armbåge i magen på honom. ”Vill herr mansplainer dela med sig?”

Jonas harklade sig dramatiskt, tog en klunk ur sitt glas och klev in i någon slags låtsasprofessionell roll.

”Samväldet av portugisisktalande länder, CPLP som det förkortas till och står för”, började han, men kom av sig när han förgäves försökte sig på att uttala hela namnet.

“Comunidade dos Países de Língua Portuguesa”, hjälpte Alda till.

”Tackar, tackar”, sa Jonas och smekte hennes kind. ”Det omfattar lusofonländer, alltså länder med portugisiska som officiellt språk. Det är inte bara länder som Brasilien och Portugal, utan även ett antal afrikanska länder som Angola och Kap Verde”, räknade han upp med sina fingrar och pausade.

Alda nickade bekräftande.

”Det som däremot fascinerar mig mest, är att portugisiska faktiskt är det officiella språket i vissa delar av Asien.”

”Nä! Du skojar?”

”Nej, jag skojar inte, på Macao som är en region på en liten halvö i södra Kina, väster om Hongkong, och på Östtimor som är en önation i Sydostasien. Det var förresten en till grej som jag tänkte på. Vet du vem som är den rikaste kvinnan i Afrika?”

”Det har jag verkligen ingen aning om”, svarade Alda förvirrat.

“Isabella dos Santos, dottern till Angolas president. Hon är den rikaste kvinnan i Afrika och därmed den rikaste kvinnan i Angola.”

Det var en sak att Jonas hade någorlunda koll på delen av Aldas etnicitet som härrörde från hennes fars sida, men det hela kom i ett annat läge nu när det visade sig att han satt på en djupare kunskap, nästan djupare än hennes. Var hade denna man varit hela mitt liv? undrade hon.

Jonas tittade på henne med ett förunderligt leende.

”Jag vet vad vi ska göra i höst”, sa Alda. ”Jag, du och gänget ska på Lusofoni Festival in Sweden nu i augusti. De firar mångfalden av de portugisisktalande länderna”, fortsatte hon och halade snabbt upp sin mobiltelefon från väskan. Hon svepte ömsom höger, ömsom vänster på mobilskärmen. ”Här är programbladet. Den startar den 14 augusti klockan tolv på dagen.”

Hon var på väg att redogöra hela programbladet, men blev avbruten när två kypare kom ut med en vit trevåningstårta. Hennes redogörelse fick därmed anstå till förmån för kvällens höjdpunkt som äntligen hade anlänt. Tårtan saknade ljus, precis som hon önskade, och den var en konstnärlig skapelse av lager på lager av dekadenta dekorationer, prydd med färgrika sockerblommor.

Jonas log mot Alda, mot kyparna och började sedan oväntat gräva i en specifik rosafärgad del på födelsedagstårtan.

Kyparna lät Jonas tystnad vara talande. Deras ansikten förblev neutrala, men i ögonens djup kunde man skönja en professionell stolthet över att få vara en del av Jonas märkliga grävande.

Alda bröt tystnaden. ”Vad håller du på med?” frågade hon honom, medan kyparna nickade och backade undan, lika diskreta som de hade kommit. ”Vad är det du letar efter?”

”Jag hade tänkt ge dig den här tårtbiten lite senare,” sa han, med en mycket nervös röst, ”men jag kan inte vänta längre.”

”Hade du tänkt ge mig en tårtbit som du hade grävt i med dina fingrar?”

Jonas skrattade och det dröjde inte länge därefter förrän han fann vad han sökte.

”Här har vi nyckeln!” sa han och drog upp en liten svart sammetsask som han snabbt torkade av med ett par våtservetter. ”Jag hade tänkt ge dig den här.”

”En nyckel till vad? Var det du som köpte bostaden på Skånegatan?”

Jonas höll upp asken med båda händerna när han utan varning gick ner på knä. En oväntad rörelse som fick sällskapet att jubla.

”Äntligen!” hojtade Alicia, följt av skratt som ljöd genom rummet. ”Gumman, le!” fortsatte hon och släppte ut Aldas rastaflätor, lät dem falla över hennes rygg innan hon brände av en blixt med en svart Nikonkamera.

Jonas log, och Alda kände hur förvirringen frisattes besinningslöst i hjärnan. Hon var häpen, mållös, flackade med blicken mellan Jonas, asken och sällskapsgänget och när hon väl återfann sin röst lyckades hon bara upprepa sig.

”Jonas, en nyckel till vad?”

”Till mitt hjärta”, svarade han klyschigt, men det fick ändå hennes inre att smälta.

Alicia brände av ytterligare en blixt med sin kamera, men Jonas fortsatte att titta på Alda, fokuserat. Han var till synes omedveten om tårarna som glänste i hans ögonvrå. Alda torkade reflexmässigt bort dem, och de kändes varma mot hennes fingertoppar. Hon hade vid ett tidigare tillfälle bevittnat en man gråta för hennes skull. Det var Adam. Hans tårar härrörde dock inte från kärlekskänslor, utan från saknaden han började bli varse om när han insåg att han hade förlorat sin ägodel, Alda.

Jonas tårar var annorlunda. De var dyrbara, gnistrande, som om de voro juveler utvunna ur ren kärlek för den kvinnan han kunde dö för.

Polisen, ungkarlen, kostymnissen, kvinnotjusaren, var alla överlägset långt utom räckhåll. Denna man framför henne nu var Jonas Strömgren, bara. Mannen vars namn hade ristats in i hennes hjärta dagen då det gick upp för henne att hon hade blivit störtkär i honom, den 1 juli 2015.

Datumet flimrade förbi i hennes inre utan att hon kunde stoppa det.

”Jag vill vara en del av allt som är viktigt för dig. Jag är redo att lära mig, att vara en del av din värld”, fortsatte Jonas med skälvande röst och drog näven genom sitt solblekta hår. ”Jag är kär i dig. Du var, är och kommer alltid att vara mitt livs kärlek. När jag träffade dig mötte jag min stora kärlek utan att jag förstod det då, och där mitt gamla liv slutade, började du.”

Alda flämtade till av hans ord.

”Jag”, sa han, men avslutade inte meningen utan tillkallade i stället en av kyparna.

De viskade, nickade i samförstånd och sedan gick kyparen i väg med sin raka hållning och precisa rörelser. Jonas tittade på Alda, med ögon fördunklade av ömhet. Han liksom väntade på något – men för Guds skull fortsätt tala till mig, tänkte hon, och hörde sitt eget flåsande andetag.

Några sekunder senare rasslade det till i de diskreta högtalarna.

Det var antagligen kyparen som testade olika sorters bakgrundsmusik.

En dämpad pianoslinga i takt med vibrerande gitarrstråkar började plötsligt sväva över dem, och liksom underströk ögonblickets betydelse. Det var introt till *Minha bebé* av Anselmo Ralph.

Jonas rodnande kinder slog nu ut som blossande rosor på hans ansikte och hals, men när Alicia tillsammans med några andra började dansa i bakgrunden avtog flammandet något.

Han andades ut, tog sats och sa: ”Alda, det jag ska göra borde jag ha gjort för länge sedan, eftersom jag har älskat dig länge.”

”Ja, ja, ja”, besvarade Alda hans kärleksbekännelse och tryckte sina läppar mot hans.

”Jag måste ställa frågan”, sa Jonas i mun på henne.

De båda började skratta, lät deras gemensamma nervositet smälta bort i glädjens värme.

Jonas drog efter andan, bröstade upp sig och öppnade sin ask. En diamantring i guld glänste starkare än solen, trots rummets diskreta belysning.

”Alda Barros Lindblom, vill du gifta dig med mig?”

Aldas hand for upp kupad runt munnen, och mellan sina fingrar hörde hon sig själv säga det efterlängtade svaret: ”Ja, ja, jag vill gifta mig med dig.”

Om författaren

Emilia Wahlgren, född 1984 i Angola, är författare och jurist. Hon är uppväxt och bosatt i Stockholm.

Tidigare utgivna verk:

Debutroman ”Moraliskt fördärvade” (2019, återutgiven 2020).

Novellsamling ”Skimrande eljest” (2020).

Relationsnovell ”Virvelns vemod” (2023).

Dikter ”Sommarens ljuva värme” (2023), ”Det förflutnas möte – sommaren 2012” (2024).

E.W.

Förlag: BoD · Books on Demand, Stockholm, Sverige